JN197794

お念仏

吉岡義雄

創英社／三省堂書店

お念仏

目次

イラスト　宮入俊広

お念仏

赤トンボ

夕焼小焼の赤トンボ
空一面に　とぶトンボ
赤トンボとは　いうけれど
胴体　黄色い　トンボだよ

草原　スレスレ　とぶトンボ
胴体真赤な　赤トンボ
たった一羽で　とんでいる

ほんとに　ほんとに　悲しいね

チョース　コイコイコイと　友叫ぶ

ささ竿　ふって　友叫ぶ

やがて　夕暮れ　日が沈む

夕空　かがやく　一番星

（チョースとは
八代地方でよぶ
おにやんまのこと）

一輪草

一輪草が　咲いている
白く　かれんに　咲くお花
たった一人で　淋しそう
もん白蝶も　止まってる

春の小川は　流れゆく
清い　清い　小川だよ
小川に泳ぐ　小鮒や　メダカ

アメンボウさえ　川面とぶ

夕焼うつして　川流る

たった一人で　ボーヤが歩く

細い　細い　畦道を

早く　お帰り　日が暮れる

すみれの花

すみれの花が　咲いている
むらさき色の　すみれだよ
小路づたいに　咲いている
ほんとに　ほんとに　悲しいね

二輪草が　咲いている
小川ぞいの　小路咲く
白い　けなげな　お花だよ

若い日のこと　思い出す
仲のよかった　夫婦づれ
今でも　仲良し　こよしだよ
年はとって　まだたっしゃ
老後仲良く　生きましょう

小川の岸

母と遊びし　小川の岸
ざるを　ざぶりと　小川につける
とれてきたよ　小鮒や　メダカ
水スマシさえ　とれてきた

ほんとに　ほんとに　悲しいね
もう母は　いやしない
いとしい　いとしい　わが娘

もう　娘も　いやしない

いつしか　私も　老人になった
たった　一人で　生くしかない
淋しさ　耐えて　生きようよ
悲しみ　耐えて　生きようよ

いろは　もみじ

いろは　もみじが　夕日に　はえる
赤い　葉っぱの　いろはもみじ
もみじ葉　落ちるよ　二、三枚
清い小川に　落ちて　いる

淋しい　悲しい　秋が　来た
どうして　秋は　淋しいんだろ
どうして　秋は　悲しいんだろ

娘なくした　秋が　来た
もみじ葉　すかし　見えてきた
夕焼空の　空　見える
悲しい　悲しい　秋が　来た
夕空　出ている　一番星

こうや水木

こうや水木が　黄色にそまり
悲しい　悲しい　秋が来た
夕日に　水木が　てりはえる
夕雲　流れる　ゆうゆうと

とさ水木に　秋が来た
悲しい　悲しい　秋が来た
とさ水木に　秋が来た

悲しい　悲しい　秋が来た

秋って　どうして　悲しいんだろ

おふくろ　なくした　秋が来た

なつかしい　なつかしい　お母さん

いつ会えるか　わからない

今では　遠い　西の空

つくしつみ

春の　野原に　いでてゆき
つん　つん　つくしを　つみましょう
つくし　誰の子　スギナの子
ボウヤ　誰の子　母さんの子

お空に　高く　あげひばり
ピーチク　パーチク　ないている
やがて　おりるよ　麦畑

どこに　どこに　行ったやら
やがて夕焼　小焼だよ
母さん　帰ろう　我が家へ
楽しい　おうちが　待っている
早く　帰ろう　帰ろうよ

まあるい月

いつしか　雪も　降り止んで
お空に　まあるい　月が出る
うさぎが　もちを　ついている
明るい　空見て　もちをつく

また　また　降った　粉雪が
暗い　お空に　雲が　出る
うさぎも　もちを　つき止んで

月の出　今かと　待っている
また　また　粉雪　ふり止んで
まあるい　まあるい　月が出る
うさぎも　月見て　よろこんだ
また　また　つくよ　おもちつき

ふぶきの夜

ふぶきの夜です　夜ふけです
粉雪　つぶ雪　ざらめ雪
いつ　いつ　止むのか　夜の雪
こんなに　こんなに　淋しい夜

淋しい夜は　かあさんと二人
ふとんに　おねんね　しているよ
話して　ください　お母さま

遠い昔の　物語

かあさんと　おねんね　楽しいな
ねながら　きくよ　かあさんの話
いつしか　静かな　夜もふける
沢山の　星々　またたいた

ふる里

ふる里　めざし　汽車走る
早く　走れよ　汽車ポッポ
やさしい　かあさん　待っている
かあさんの　み胸　恋しいよ

西の　お空に　虹が出た
汽車は　走るよ　ふる里へ
虹のトンネル　汽車走る

やがて　夕焼　小焼だよ
夕焼空に　赤トンボ
トンボの下を　汽車走る
早く　走れよ　汽車ポッポ
ふる里　めざし　汽車走る

ねぎ坊主

ねぎ坊主が　並んだよ
春の畑に　並んだよ
ねぎ坊主って　かわいいよ

ねぎ坊主って　かわいいけど
ボウヤ　もっと　かわいいよ
だって　ボウヤ　かあさんの子だよ

やがて　夕焼　小焼だよ
ねぎ坊主も　赤くなる
ボウヤの　おかおも　赤くなる

早く　帰ろう　おうちめざし
かあさん　ボウヤの　手をひいて
仲良く　仲良く　帰りゆく

スミレ路

少し　風ある　この小路
スミレの　お花が　におってる

三色スミレに　モモ色スミレ
悲しく　悲しく　におってる

スミレの花は　愛するもの
けっして　手折っては　なりませぬ

小路に　咲いてる　スミレ花
たった　一輪　悲しかろ

丘の上の教会

丘の上建つ　白い教会
カラン　コロンと　鐘がなる

夕べの祈りが　始まった
愛してください　イエス様

私は　祈ります　イエス様
愛する　母や　娘のために

白い教会　赤く　そまる
夕焼　小焼に　赤く　そまる

白いお馬

白い　白い　凸凹道(でこぼこ)
お馬に　ひかれ　馬車走る
白い　白い　お馬だよ
お尻を　むちで　ぶたれつつ
ただ　もく　もくと　馬車走る

お尻　ぶたれて　つらかろう
なきごと　言わず　馬車走る

ゆっくり　走ろう　お馬さん
イエス様さえ　守ってる
ゆっくり　ゆっくり　走ろうよ

桐の落葉

寒い　夜です　夜寒むです
だれだか　雨戸を　たたきます
私ですよ　私だよ
桐の木の　落葉だよ

おはいりなさい　落葉さん
さぞ　さぞ　外は　寒かろう
家では　ストーブ　たいている

あたたまるから　おはいりよ
いえ　いえ　私は　落葉です
外は　寒くても　かまわない
たった　一人で　耐えてゆく
秋の　寒さに　耐えてゆく

へちまの棚

へちまの棚の　その下で
かあさんと　二人　行水する

長いへちまに　丸いへちま
へちま　かわいい　かわいいな

風も　吹かぬに　ゆれている
ゆっくり　ゆっくり　ゆれている

お空に　流れる　白い雲
ただゆっくり　流れゆく

シャボン玉

シャボン玉　とんだ
天まで　とんだ
シャボン玉　流れた
どこ　どこ　までも　流れた
夕日　背にして　流れゆく
ただ　きらきらと　流れゆく

シャボン玉　消えた
ゆっくり　消えた

あとに　のこるは　淋しさばかり
あとに　のこるは　悲しさばかり

星座はまわる

星座は　まわる
星座は　まわる

カシオペヤに　アンドロメダ
ただ　ただ　静かに　まわりいる

スィーと流れる　流れ星
どこまで　流れて　ゆくのやら

夕顔かきね

夕顔かきねの　その近く
わかれた　かあさん　思い出す
やさしい　やさしい　おかあ様

ちっとも　美人でないけれど
やさしさだけが　とりえの　おかあさん
涙うかべて　思い出す

夕焼空に　キラキラと
ただ　ただ　涙光りいる
やがて　夕暮　日が沈む

やさしい　かあさん　西の空
今は　仏となって　西の空
私の　ゆくすえ　守りいる

朝顔かきね

父さん　かきねを　作りましょ
細い竹を　買ってきて
朝顔かきねを　作りましょ

朝顔咲いたよ　美しく
青い花やら　赤い花
朝早くに　咲いている

いつのまにか　朝顔しぼむ
まだ　まだ　明るいというのに
いつのまにか　朝顔　消える

夕焼背にして　明日のつぼみ
だんだん　だんだん　大きくなる
きっと　明日は　咲くだろう

みぞれ

みぞれが　降ります
みぞれ　降る
いつも　いつも　思い出す
ボウヤの　かあさん
どこ　いった

ボウヤの　かあさん
もう　いない

ボウヤの　かあさん
西の空
遠く　遠くへ　いっちゃった

ボウヤ　淋しい
淋しいよ
ボウヤ　悲しい
悲しいよ
いつまで　たっても
一人　ぼち

きつねさん

こん　こん　こ山の
きつねさん
こんな　寒い夜
淋しかろ

こん　こん　こ山の
きつねさん
こんな　寒い夜

悲しかろ

淋しかったとて
耐えてゆけ
悲しかったとて
耐えてゆけ
耐えに　耐えて　耐えてゆけ

十五夜お月さん

十五夜　お月さん
淋しかろ
十五夜　お月さん
悲しかろ

ボウヤ　一人で
空を　見る
ボウヤ　一人で

悲しいよ
月は　てるよ
こう　こうと
世界中を
てらしてる

とりかご

春の　ゆうぐれ　とりかごを
そっと　おうちに　入れましょう
メジロ　一羽で　淋しかろ
メジロ　一羽で　悲しかろ

明日になれば　メジロかご
そっと　お外に　出してやる
とりかご　フタを　あけましょう

しばらく　たじろぐ　メジロ一羽
しばらく　とりかご　いたけれど
やがて　出てきて　去ってゆく
いづく　ともなく　去ってゆく
空の　あなたの　はてまでも

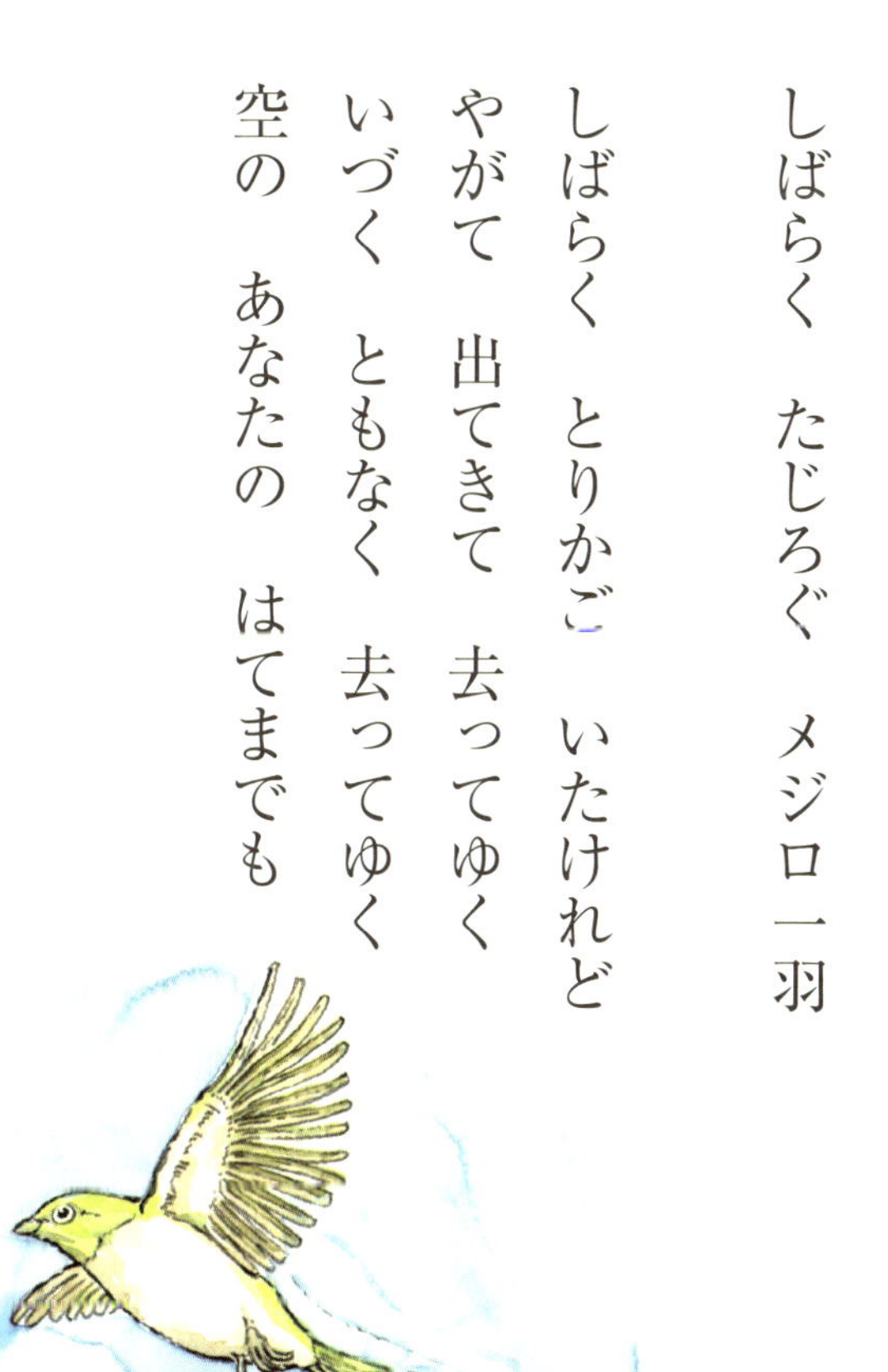

ふる里野山

うさぎは　追わなく　なったけど
ふる里　野山は　なつかしい
小川に　清い　水流る
水車は　まわるよ　コットンコ

小川に　いる　メダカや小鮒
川藻に　そっと　泳ぎいる
それを　すくって　取りましょか

いえ　いえ　それは　かわいそう

小川に　いてこそ　小鮒達
小川に　いてこそ　メダカ達
一日　一日　遊びいる
ひがな　一日　遊びいる

子きじ

クイ　クイ　と　子きじがないた
母さん　恋しと　ないている
母さん　どこに　いるのだろ
林の間　子きじ　なく

暗い　淋しい　林の中
今も　今も　ないている
林の外出りゃ　明るいよ

雲は流れる　ゆうゆうと

なおも　子きじは　ないている
たった　一羽じゃ　淋しかろ
たった　一羽じゃ　悲しかろ
クイ　クイ　クイ　と　子きじなく

どんぐり山

どんぐり山の　どんぐりは
いつか　落ちて　ひろわれて
かわいい　コマに　なったとさ

どんぐり山の　どんぐりは
いつか　落ちて　草の中
いつか　芽を出していて
新しい　どんぐりの木になる

いつも　いつも　落ちるどんぐり
いつか林も　森になる
どんぐり森は　暗うらいぞ
どんぐり森は　淋しいぞ

ろじの細道

ろじの細道　細い道
今日は　おつかい　通りゃんせ
母に　たのまれ　パン買いに

クリームパン　やら　メロンパン
アンパン　やら　ドーナッツ
みんな　みんな　買いたいな

母さん　どのパン　好きだろか
ボーヤの　好きなの　アンパンだ
でも　母さん　好きなの　メロンパン
ボーヤも　いっしょに　買いたいな

落ちる木の実

落ちる　木の実を
集めいる

この実　なんの実
栗の実だ

焼栗にして
食べたいな

焼栗はぜた
そら　はぜた
母さんと　二人
いろり　ばた
夜も　だん　だん
ふけてゆく

野バラ

野バラ　野バラ
いとしい花の　野バラ達
青い　お空に　虹が出る

野バラ　野バラ
白い雲は　流れゆく
どこまで　流れて　ゆくのやら

野バラ　野バラ
夕焼　小焼だよ
夕日　背にして　野バラが光る

白い教会

トテ　トテ　トテと　ラッパならし
スミレの　小道　馬車　走る
黄色いラッパ　吹きならし
トコ　トコ　トコ　と　馬車走る

丘の上の　その丘の
白い　教会　建っている
教会屋根には　十字架が

朝日をうけて　ピキンとたつ
教会壁に　つた　かつら
朝日を　うけて　光ってる
教会の上の　その空に
白い月が　のこってる

わかれたあの子

雨の　しと　しと　ふる夜さは
わかれた　あの子　思い出す
おさげ　髪した　あの娘
白いリボンを　むすんでた

かわいい　かわいい　子だった
いっしょにした　おままごと
かくれんぼ　したこと　あったっけ

黒い目をした　子だった

いつしか　あの子は　外国に
遠く　遠く　いっちゃった
いつも　あの子　思い出す
なつかしい　かな　あの娘

村の一本橋

村の一本橋　川面に　かかる
わたろうと　思っても　わたれない
平均とるのが　むつかしい

川面に　流れる　藻くずや　わら
川に　いるのは　鮒や　鯉
下を　見い　見い　やっと　わたる

わたり　終えたら　ひや汗流る
どうして　一本　なのかしら
五本も　わたせば　いいものを

ゆうべ見た夢

ゆうべ　見た夢
なんの夢
あの　なつかしい
かあさんの　夢

もう　かあさん
いやしない
遠い　遠い　西の空

西の　お空に　行っちゃった
親不孝して
ごめんなさい
もっと　もっと　孝行
したかった

やぶのたけのこ

やぶのたけのこ　のびてきた
ぐん　ぐん　ぐん　ぐん　のびてきた
いまに　なるだろ　大竹に

すももの花が　咲くころは
柿の　はっぱが　しげるころ
つばめが　お空で　ちゅうがえり

青い　梅の実　なりました
すっぱい　梅の実　ちりました
やがて　夏も　来るだろう

かくれんぼ

かくれんぼ　しましょう
じゃんけんぽん
いつも　私が　おにになる

かくれた　子供　どこいった
みそだる　からだる　しょうゆたる
かくれているとは　思えども

とっても　とっても　さがせない
なか　なか　なか　なか　さがせない
私の目には　涙が光る

叱られて

叱られて　叱られて
先生に　叱られ　帰る道
おうちが　だんだん　近くなる
かあさんに　なんと　言ったやら

近く　なければ　いいと　思う
桜の花は　咲けれども
ちっとも　見る気は　しやしない

かあさんに　なんと　言ったやら
目に涙うかべ　母を見る
かあさん　なんにも　言やしない
がばと　私を　だきしめる
親子　共々　涙する

むこうの山

むこうの山に　のぼったら
山のむこうは　村だった
小さな　小さな　村だった
あんずの花咲く　村だった

小川は　流れる　さら　さら　と
水車は　まわるよ　コットンコ
小川に　住んでる　小鮒や　メダカ

流れに　まかせて　遊びいる

村の　軒下　ツルシ柿
まだ　のこってる　ツルシ柿
雲は　流れる　ゆうゆうと
青い空背に　流れゆく

夜ばなし

夜中　ま夜中　私はねている
かあさんと　二人
夜ばなし　して　おくれよ　おかあさん

はい　はい　夜ばなし　いたしましょう
昔　昔　あるところに
小さな　キツネが　住んでいた

子キツネ達と　かあさんキツネ
親子　仲良く　くらしてた
これで　おしまい　おしまいよ

椿の花

椿の花が　ポトリと　落ちた
たった　一輪　枝から　落ちた
一輪だけでは　淋しかろう
一輪だけでは　悲しかろう

椿の花が　ポトリと　落ちた
菊冬至の　花が　落つ
ろう月の　花が　落つ

丸く　大きな　花が落つ
秋風楽の　花が　落つ
丸く　大きな　花が　落つ
一輪だけでは　淋しかろ
一輪だけでは　悲しかろ

吹雪の晩

吹雪の晩です　夜寒です
時計が　コチ　コチ　なってます
たった一人で　おるすばん
かあさん　まだ　まだ　帰らない

外行く人の　下駄の音
ただ　ただ　淋しく　音がする
ただ　ただ　悲しく　音がする

お外で　きこえる　吹雪の音
かあさん　いついつ　帰るやら
たった　一人で　おるすばん
いまか　いまかと　待ちわびる
いつに　なったら　帰るやら

夢をもって生きなさい

ボウヤよ　ボウヤ
夢を　もって　生きなさい

夢って　なんのこと
夜見る　夢の　ことなの

いえ　いえ　そうでは　ありません
夢って　いうのはね

希望を　持って　生きること
いつも　いつも　希望を　もちなさい
明日に　むかって　生きること
大手を　ふって　生きなさい

小さなお墓

から松林の　そのはてに
小さな　お墓が　あったとさ

小さな　お墓の　その中に
小さな　ボウヤが　はいってる

母さん　なくした　そのボウヤ
いつも　母さん　夢に　見た

その母さんも　天国で
ボウヤの　来るのを　待っている

悲しい　悲しい　お話ね
二人　共共　天国で

いまでは　いつも　会っている
いまでは　いつも　会っている

お念仏

いつも　お念仏
となえる　母でした
お念仏が　母なのか
母がお念仏なのか
私には　わかりません

馬鹿な私でも
よくわかるのは

私に　そそぎし
母の　無限の愛
その　愛情だけは
私にも　わかります

その愛に
なにも答えぬ
馬鹿な　私
親不孝して
ごめんなさい

粉雪

いつしか　粉雪　ふりやんで
粉雪　はらい　帰ります
母のまってる　楽しい家へ

明るい　月夜に
なってきた
私は　たった　一人だけ
母の　待ってる　我が家へ

月の光に
てらされて
私の影が　はいります
母の　待ってる　我が家へ

冬至梅

冬至梅が　咲き始む
我が家の　庭に　咲き始む
たった一輪　咲いている

やっと　春が　近づいた
待ちに　待った　その春が
空に　鳴くのは　あげひばり

いつか　どこかに　とんでゆく
やがて　つばめも　帰るだろ
待ちに　待った　その春が
きっと　きっと　来るだろう

朝の祈り

から松林の　その先に
白い教会　建っている
教会の壁に　つた　かつら
いつ　いつ　教会　建ったのか

だあれも　だあれも　わからない
昔から　建ってた　教会だ
教会の　屋根の上　十字架が

朝日あびて　ピキンと　立つ
朝の　祈りが　始まった
何を　祈ろか　イエス様
私の　妻に　平安が
心を　こめて　祈ります

C－Cレモン水

C－Cレモン水　飲みました
すっぱくって　おいしいこと
青い　お空の　味がする

C－Cレモン水　飲みました
青い　お空に　雲浮かぶ
お空に　出てきた　虹の味

C–Cレモン水　飲みました
お空は　夕焼　小焼　だよ
夕日の　沈む　味がする

かあさんの涙

叱られて　叱られて
なんにも　悪いこと　してないのに
やっぱり　涙いでてくる

叱られて　叱られて
くやしいこと　ありゃしない
かあさん　私を　愛してないかしら

目に　涙を　浮かべては
かあさんの　お顔　そっとみる
ボウヤ　ごめんよ　ごめんなさい
かあさん　私を　がばとだく

みぞれ北風

みぞれ
北風
寒い朝

学校なんか
いきたくない
いきたくないいたら
いきたくないない

学校だけは　行っとくれ
かあさん　涙を　うかべてる
かあさん　涙を　見たとたん
私が　私が　わるかった

短歌

手にとらば目白のほほのかれんさよ
我が手の上にてチチと鳴きけり

阿蘇山の山の煙のたなびきて
今日はどこまで流るるやら

山奥の谷におりて清水汲む
緑なす樹々我をおいいる

夕日まさに海に沈みゆく
赤々たる夕焼空にひろがる

物多く言はぬが花よ菜畑を
たった一人で今日も旅ゆく

あたたかき朝のそよ風吹きにけり
早春の春は来にけり

阿蘇の山すすきかきわけ登りゆく
今で思うは青春の夢

まぶたとじいつも思うはなき娘のこと
やさしい笑顔いつも忘れじ

つかれはて林の間に休みけり
いつも思うはなき娘のこと

妻と共いつも歌うは夕焼の歌
妻は今ではやまいの床いる

赤々と沈む夕日の悲しさに
我泣きぬれて天草の山を見る

白鳥は悲しからずや大阿蘇の
青空高く一羽まいいる

悲しげに夜はふけゆき妻恋し
夜空にまたたく北斗星かな

細々と庭に咲きし水仙の花
やがてやっと春は来にけり

母と共つくしつみにし野に立ちて
今にのこるは思い出のみ

人々にあなどられても我生きん
誠実にただ誠実に生きんとす

人々にふみにじられふみにじられても立上る
肥後もつこすの心なりけり

星一つ高く高くかかげつつ
たった一人で我は生きゆく

我が妻よいかに暮しているのやら
夜ふけに思うは君のことのみ

母恋しやさしいやさしいお母様
　今はさいはて西の空

今はなき母なき後はいかにせん
　窓辺に立ちて残月を見る

わが妻よ悲しむなかれ夜空にも
　悲しき星々いつも見ている

著者略歴

吉岡　義雄（よしおか　よしお）

昭和七年五月七日　八代市長丁に病弱の子として生れる

八代市代陽幼稚園卒業

代陽小学校卒業

母親の愛情のみにて元気に育つ

八代市八代中学校卒業

八代高等学校卒業

熊本大学工学部工業化学科卒業

熊本大学工学部建築科卒業

九州電力土木部建築課入社

国立有明工業高等専門学校にて定年

平成三十年一月『かあさんの歌』、九月『阿蘇のスミレ花』(創英社／三省堂書店) 出版

願はくは花のしたにて春死なんそのきさらぎの望月(もち)の頃　西行

願はくは落葉散りまう秋死なん娘死ににしその秋の頃　義雄

お念仏心静かに念じつつやがて死なんなき母恋し　義雄

ふる里の八代恋し今はもう帰りえないこの身の悲しさ　義雄

死んだのち魂だけは球磨川の川辺に立ちて少年の日を思う　義雄

お念仏

令和元年6月21日　初版発行

著者　吉岡義雄

発行・発売
創英社／三省堂書店
〒101-0051　東京都千代田区神田神保町1-1
Tel：03-3291-2295　Fax：03-3292-7687

印刷／製本　(株)新後閑

ISBN：978-4-86659-078-3　C0092
落丁、乱丁本はお取替えいたします。
定価はカバーに表示されています。